Cyril y Renata

Emily Gravett

 Picarona

Solamente una ardilla
vivía en el Parque del Lago,
el pobre Cyril, tan solo y apenado.

Hasta la mañana en que conoció a Renata,
su nueva mejor amiga, una grande y gris...

¡ARDILLA!

Igualita que YO.

Renata y Cyril pasaban el día
pensando en juegos con los que se divertirían.

Les encantaban los teatrillos de marionetas,
y lanzarse en monopatín por la montañeta.

Sus juegos *favoritos* eran el escondite,

y uno al que llamaban «hacer que las palomas griten».

Shhh

Oh, Cyril, ¿acaso no ves que tu amiga Renata
no es como tú? Tu amiga Renata es una...

¡Auténtica bromista!

A mediodía, mientras los patos comían,
Renata saltaba al agua y algún trozo
de pan les cogía.

Oh, Cyril, ¿acaso no ves que tu amiga Renata
no es como tú? Tu amiga Renata es una...

Y cuando el perro Slim los perseguía,
juntos lo despistaban y se protegían.

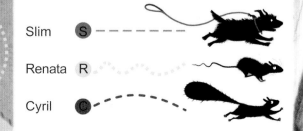

Slim   S - - - - -

Renata R · · · · ·

Cyril   C - - - - -

Oh, Cyril,

   ¿acaso no ves que tu amiga Renata

no es como tú? Tu amiga Renata es una...

¡ARDILLA INGENIOSA!

¡Y tú no puedes atraparnos!

–gritó Cyril.

Renata intentaba parecer más amable,
para que como a Cyril la tratasen.

Pero nadie le hacía caso a Renata.

¡Puaj! Mamá,
mira, una enorme...

¿Rata?

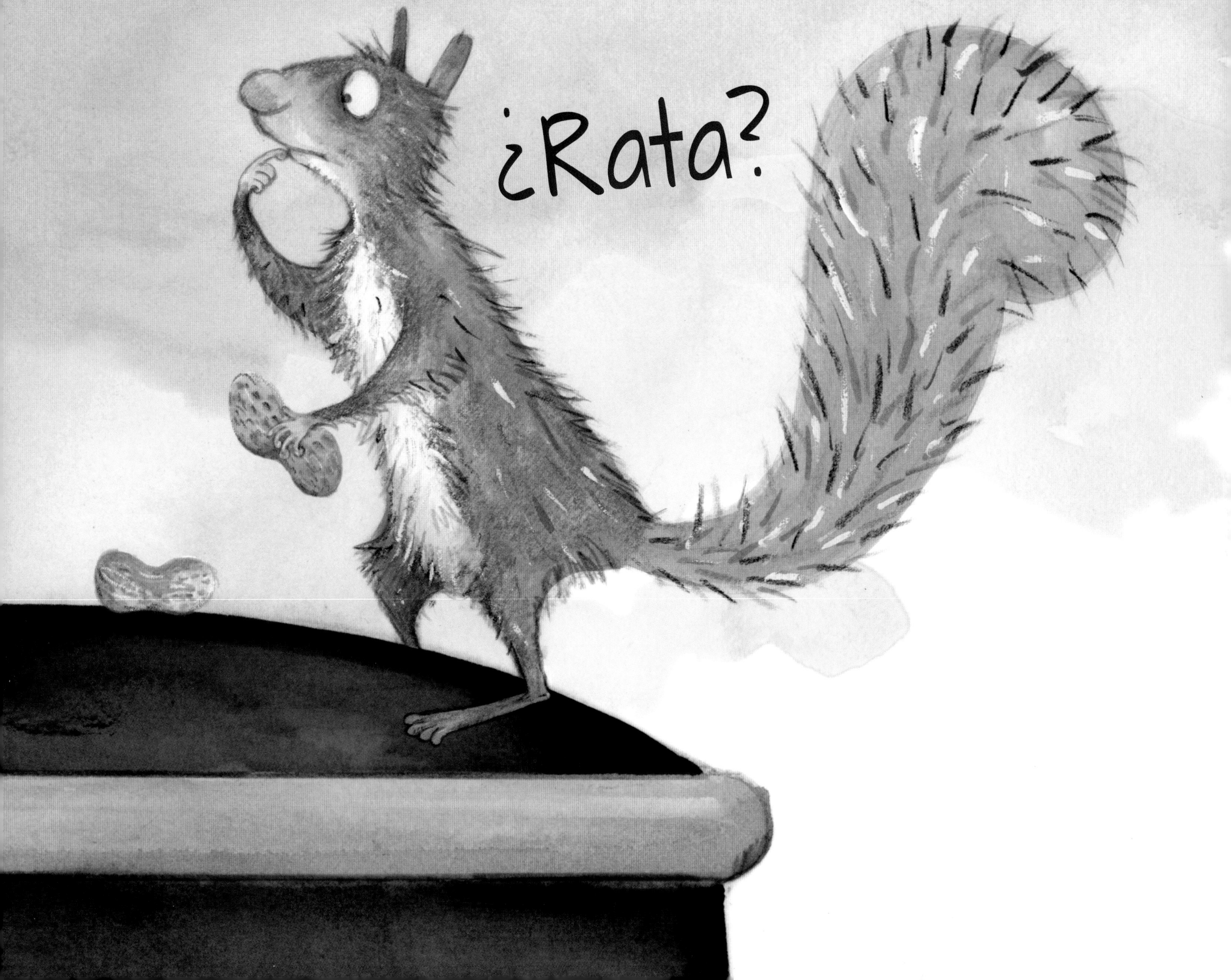

Oh, Cyril, ¿acaso no ves que tu amiga Renata
no es otra cosa que una sucia rata?

Oh, Cyril, ¿acaso no ves que tu amiga Renata,
además de *ladrona*, es una rata?

Oh, Cyril, ¿es que no lo ves? La cosa está clara,
¡UNA ARDILLA NO PUEDE SER AMIGA DE UNA RATA!

Cyril volvió a quedarse sin compañía,
y ya no le gustaban los juegos
que siendo dos le divertían.

Cuando Slim lo perseguía
despistarlo no podía.

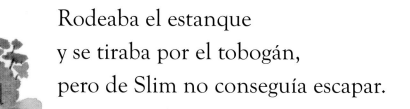

Rodeaba el estanque
y se tiraba por el tobogán,
pero de Slim no conseguía escapar.

Cyril CORRIÓ tanto,
que dejó atrás el parque.

Y salió a la ciudad...

después de caer
la tarde.

El pobre Cyril
estaba solo
y asustado.

No estás *tan* sola ardilla timorata.
Ya no eres tan *valiente* sin tu amiga la rata.

—Ejem. ¿Te refieres a MÍ? –dijo Renata.

Sólo una ardilla vive en el Parque del Lago,
pero Cyril ya no está solo ni apenado.
Ahora vive con una grande y gris rata,
su valiente e inteligente amiga Renata.

Puedes consultar nuestro catálogo en
www.picarona.net

CIRIL Y RENATA
Texto e ilustraciones: *Emily Gravett*

1.ª edición: junio de 2018
Título original: *Cyril and Pat*

Traducción: *David Aliaga*
Maquetación: *Montse Martín*
Corrección: *Sara Moreno*

Edita: Picarona, sello infantil de Ediciones Obelisco, S. L.
Collita, 23-25. Pol. Ind. Molí de la Bastida
08191 Rubí - Barcelona
Tel. 93 309 85 25 - Fax 93 309 85 23
E-mail: picarona@picarona.net

ISBN: 978-84-9145-168-6
Depósito Legal: B-5.838-2018

Printed in China

Para Merry